ANNA,

COMÉDIE-VAUDEVILLE.

OUVRAGES DE M. ANCELOT.

LOUIS IX, tragédie en cinq actes.

LE MAIRE DU PALAIS, tragédie en cinq actes.

FIESQUE, tragédie en cinq actes.

OLGA, tragédie en cinq actes.

ÉLISABETH D'ANGLETERRE, tragédie en cinq actes.

L'HOMME DU MONDE, drame en cinq actes, en prose.

L'ESPION, drame en cinq actes, en prose.

L'IMPORTANT, comédie en trois actes, en vers.

MARIE DE BRABANT, drame en cinq actes, en vers.

UN AN OU LE MARIAGE D'AMOUR, drame en trois actes.

HENRIETTE OU DEUX ANS APRÈS, drame en trois actes.

LA MENDIANTE, drame en deux actes, mêlé de couplets.

MADAME DUBARRY, comédie en trois actes, mêlée de
couplets.

MARIE DE BRABANT, poëme en six chants.

SIX MOIS EN RUSSIE, un vol. in-8º.

L'HOMME DU MONDE, roman, 4 vol. in-12.

LÉONTINE, drame en trois actes, mêlé de couplets.

LA MORTE OU DÉPART ET RETOUR, drame en quatre
parties.

LA FÊTE DE MA FEMME, vaudeville en un acte.

UN DIVORCE, drame en un acte, mêlé de chant.

LE CHATEAU DE SAINT-BRIS, drame en deux actes,
mêlé de chant.

LE FAVORI, ou la cour de Catherine II, comédie en
trois actes, mêlée de chant.

DEUX JOURS, ou la Nouvelle Mariée, comédie en trois
actes, mêlée de chant.

LE RÉGENT, comédie en trois actes, mêlée de chant.

LA NUIT D'AVANT, comédie-vaudeville en deux actes.

MADAME DU CHATELET, comédie-vaudeville en un acte.

UN CAPRICE DE GRANDE DAME, comédie en deux actes,
mêlée de couplets.

ANNA,

COMÉDIE EN UN ACTE

MÊLÉE DE COUPLETS,

PAR M. ANCELOT,

REPRÉSENTÉE, POUR LA PREMIÈRE FOIS, A PARIS,

SUR LE THÉATRE DU PALAIS-ROYAL

LE 26 MAI 1832.

Prix : 1 fr. 50 c.

PARIS.

J. N. BARBA, LIBRAIRE,

PALAIS-ROYAL, GRANDE COUR, DERRIÈRE LE THÉATRE-FRANÇAIS.

1832

ANNA.

PERSONNAGES.	ACTEURS.
ALBERT DELVILLE.	MM. Derval.
ARTHUR RENAL.	Sainville.
DESMORTIERS.	Dormeuil.
MADAME BOURGEOIS.	Mmes Tobi.
ANNA, sa fille.	Ida.
SOPHIE, pupille de M. Desmortiers.	Escousse.
Deux laquais.	

La scène se passe à Paris, dans la chambre d'Albert Delville.

Nota. Les personnages sont placés en tête de chaque scène comme ils doivent l'être au théâtre : le premier occupe la droite de l'acteur.

IMPRIMERIE DE E. DUVERGER,
Rue de Verneuil n. 4.

ANNA,

COMÉDIE-VAUDEVILLE.

Le théâtre représente une chambre misérablement meublée. A droite, une porte conduisant à un cabinet ; à gauche, une autre porte et une fenêtre ; l'entrée est au fond. Une table à droite avec encre et plumes, et des livres.

SCÈNE PREMIÈRE.

ALBERT, *seul.*

(Il est assis près de la table, la tête appuyée sur sa main.)

Allons ! je ne peux rien faire aujourd'hui : mon esprit ne peut se lancer dans ces riantes fictions qui me consolent ordinairement de la réalité. (*Il regarde tristement autour de lui.*) Si pauvre !... dans un temps où la richesse est tout, n'avoir rien !... je suis pourtant plus heureux que mon riche colon de l'île Bourbon qui se plaignait toujours de n'avoir pas d'appétit : moi je n'en manque jamais !... Il est vrai qu'il y a des jours où cela est un peu gênant ; et pourtant, je le répéte, je ne changerais pas ma position contre celle de cet homme si opulent qui tourmentait ses esclaves et sa pauvre fille !.. Sa fille !.. (*Il tire un portrait de son sein.*) Voilà tout ce qui me reste de cette bonne Adèle !.. tout !.. Malheureuse femme !... Mais chassons cette idée ; elle me fait mal ! Ah ! depuis bien long-temps ce n'est que dans mon imagination qu'il existe pour moi des plaisirs ! Ouvre-toi, monde idéal, où parfois me transportent mes songes ! Céleste poésie, enlève-moi pour un instant à mes maux réels !

Air *de Teniers.*

De ma demeure, à ta voix embellie,
Le passé fuit avec le souvenir ;

Anna.   1

Je suis heureux, car je rêve et j'oublie;
Quel doux prestige enchante l'avenir!
Mes longs travaux vivent dans la mémoire:
Amis, parens, sont pressés dans mes bras;
Le bonheur vient amené par la gloire...
O vérité! ne me réveille pas!

SCENE II.

MADAME BOURGEOIS, ALBERT.

MADAME BOURGEOIS, *à la cantonade.*

C'est bon, c'est bon, je ne tarderai pas à descendre.

ALBERT.

Mon hôtesse!...

MADAME BOURGEOIS.

Bonjour, monsieur Albert, comment cela va-t-il ce matin?

ALBERT.

Je suis bien reconnaissant, madame Bourgeois : je n'ai point à me plaindre de ma santé; que n'en puis-je dire autant de ma fortune!

MADAME BOURGEOIS.

Hélas, oui! l'argent est rare aujourd'hui.

ALBERT.

A qui le dites-vous?

MADAME BOURGEOIS.

Vous le savez, monsieur Albert, je suis une pauvre veuve; je n'ai pas d'autre ressource que le produit de cette petite maison garnie... Monsieur Albert, voilà le second terme échu, et je venais...

ALBERT.

Ah! mon Dieu! déjà! comme ça revient vite!

MADAME BOURGEOIS.

Oui, pour ceux qui doivent payer, mais pour ceux qui doivent recevoir, c'est différent.

ALBERT.

Hélas! madame Bourgeois, je ne peux encore vous satisfaire : je cherche tous les moyens de vous donner l'argent que je vous dois; mais où le trouver? Ce recueil de poésies, pas un libraire n'en veut! ils disent tous qu'ils n'achètent que les ouvrages des auteurs qui écrivent dans les jour-

3

naux, parce qu'ils peuvent en faire l'éloge eux-mêmes. J'ai
tenté bien des démarches : rien ne me réussit.

MADAME BOURGEOIS.

Comment ! vous ne pouvez pas trouver un parent, un
ami ?

ALBERT.

Je vous l'ai déjà dit, madame Bourgeois, je suis orphelin : élevé par un riche créole, je le suivis dans les colonies... et... quand il fallut le quitter... revenir dans mon
pays... rien ! point d'amis, point de parens !.. C'est un mi-
racle encore que, depuis quinze ans, la poésie ne m'ait pas
laissé mourir de faim.

MADAME BOURGEOIS.

Pourquoi quitter ce riche colon ?

ALBERT.

Ah !.. chut !.. ne parlons pas de cela... Qu'il vous suffise
de savoir que je suis seul ! seul au monde !

SCENE III.

MADAME BOURGEOIS, ANNA, ALBERT.

(Anna arrive gaiment : elle porte un pot au lait en fer blanc, et, en entrant,
elle entend les derniers mots d'Albert.)

ANNA.

Eh bien ! qu'est-ce que vous dites donc là, monsieur Albert ? seul au monde !.. et maman ? et moi ? nous ne sommes
donc rien ?

ALBERT.

Vous êtes tout, charmante enfant.

ANNA.

Tenez, monsieur, voilà votre lait.

ALBERT.

Bonne Anna, prendre vous-même cette peine !

MADAME BOURGEOIS,

Ah ! oui, ça me rappelle que la crémière m'a dit, il y a déjà
plus de huit jours, que si vous ne payiez pas ce que vous lui
devez, elle ne fournirait plus rien. Il paraît cependant...

ANNA, *l'interrompant*.

Elle attendra, maman ! oui, elle a dit qu'elle attendrait.

MADAME BOURGEOIS.

Ça m'étonne, car elle est bien intéressée.

ANNA.

Oh ! maman , je vous assure !... mais ne parlez donc pas de cela devant monsieur Albert : voyez, vous le rendez tout triste.

ALBERT , *regardant autour de lui.*

Et rien ! rien !.. que cette situation est pénible !

MADAME BOURGEOIS.

Mais enfin , mon cher monsieur, si vous ne trouvez pas à gagner de l'argent, comment ferez-vous? et mon loyer? et moi? et ma fille?

ALBERT , *vivement.*

Quoi donc !.. Anna manque-t-elle de quelque chose ?

ANNA.

Moi! oh que non! j'ai assez, trop même! Écoutez, maman, si cela vous gênait d'attendre le loyer de monsieur Albert, tenez, voyez donc! j'ai encore tout cela de mes petites économies ! je vous le donne.

MADAME BOURGEOIS.

Cette enfant-là est étonnante ! Pourquoi donc , puisque ta marraine te donne de l'argent, ne pas songer un peu à ta toilette?

ANNA.

Je me sens mieux ainsi.

MADAME BOURGEOIS.

Et puis, rester toute la journée dans ta chambre, à travailler à je ne sais quelle broderie... qui ne finit pas, et qu'on ne voit jamais ! Songe donc, mon enfant, qu'il faut penser à l'avenir ; qu'à ton âge on se marie... et qu'il est temps...

ANNA.

Temps de me marier !.. moi !.. mais, en vérité, cette idée ne s'est jamais présentée à mon esprit.

MADAME BOURGEOIS.

Par exemple !.. à dix-sept ans !.. mais à quoi penses-tu donc ?

ANNA,

A quoi je pense ? Eh ! mon Dieu ! je n'ai pas une minute à moi. Demandez plutôt à monsieur Albert !

Air *Restez, restez, troupe jolie.*

Je lis les auteurs que lui-même
Il m'explique tous les matins ;
Je chante les chansons qu'il aime,
Et j'endors ainsi ses chagrins ,

Mes chants endorment ses chagrins.
J'apprends les beaux vers qu'il compose.
Ma bonne mère, vous voyez
Que, pour m'occuper d'autre chose,
Mes jours sont trop bien employés.

ALBERT.

Vous trouvez donc du plaisir à lire mes vers? Vous croyez qu'un jour le public les aimera?

ANNA.

Dès qu'il pourra les connaître. Votre poème avance-t-il, monsieur Albert? votre grand poème?...

ALBERT.

Bien peu. (*avec enthousiasme.*) C'est un ouvrage d'art, de conscience... C'est mon avenir, ma vie!... c'est mieux encore, c'est l'oubli du passé!

MADAME BOURGEOIS.

L'oubli du passé?... s'il pouvait le lire à ses créanciers!...

ANNA.

Maman!...

MADAME BOURGEOIS.

Ce que j'en dis, ce n'est pas pour lui faire de la peine, il le sait bien : je voudrais être riche, je ne lui demanderais rien, et je me regarderais encore comme son obligée, puisqu'il a fait pour toi ce que je regrettais tant de ne pouvoir faire. Il t'a instruite, il t'a donné des talens... Depuis cinq ans qu'il est notre locataire, tu es devenue aussi bien élevée qu'une grande dame ; mais, hélas ! si ton éducation vaut celle d'une princesse, ta dot est bien différente, et il faut profiter du temps où les amoureux se présentent ; faire un choix, un bon choix.... Monsieur Albert te le dira comme moi, il faut qu'une jeune fille se marie.

ALBERT.

Ah! oui, c'est vrai, on se marie!... on a une famille, des intérêts, des liens qui vous attachent au monde!... on ne vit pas seul!... Il n'y a que moi qui suis seul!... qui resterai seul sur la terre... quand Anna sera mariée!

ANNA, *vivement.*

Je ne me marierai jamais.

ALBERT.

Si fait, mon enfant : il faut vous marier ; vous ne savez pas ce que l'isolement a de pénible!... Se dire : là, dans cette foule que je heurte à chaque pas, personne ne pense à moi; personne ne m'aime!... Je peux mourir sans qu'une larme vienne mouiller les yeux d'un ami!... Ah! c'est bien cruel!...

ANNA, *d'un ton de tendre reproche.*

Mais ne dirait-on pas que cela vous regarde, vous, monsieur Albert!...

MADAME BOURGEOIS.

Ecoute, Anna, je vois rôder autour de toi bien des amoureux, et sans parler du monsieur au tilbury...

ALBERT.

Ah!... qu'est-ce que c'est?

ANNA.

Oh! maman, je vous en prie...

MADAME BOURGEOIS.

Allons, c'est bien, je me tais, mais j'espère que tu deviendras raisonnable; et, en attendant, je vais à mes affaires : toi, travaille, étudie.... si monsieur Albert a le temps de te donner ta leçon.

ALBERT.

Oui, sans doute! cela me distraira : je me sens aujourd'hui plus triste et plus découragé qu'à l'ordinaire.

ANNA.

Je vais chercher mes livres.

ALBERT.

Non, j'ai là, dans ce cabinet, quelque chose de nouveau que je veux lire avec vous : attendez un instant.

(Il entre dans le cabinet à droite.)

MADAME BOURGEOIS.

Moi, je sors, mon enfant, et je ne tarderai pas à revenir.

(Elle sort.)

SCENE IV.

ANNA, *seule.*

Elle est bonne, maman!... mais pourtant il y a des momens où je lui en veux : ce cher monsieur Albert!... je suis sûre qu'elle lui fait souvent de la peine sans le vouloir; et je suis malheureuse quand il souffre!... Il voudrait aussi me voir mariée? (*Elle rit.*) Il le dit... mais, non, non! il serait encore bien plus triste!... Et moi! moi!... je ne sais qu'un bonheur dans le monde; être ici, étudier, lire avec lui! C'est une belle chose, l'étude!... et il sait la rendre si facile!

Air : *Faisons la paix!*

Quand il est là, (*bis.*)
Oui, je vous comprends à merveille,
Vieux auteurs qu'il me révéla;
L'ame grandit, l'esprit s'éveille,
Quand il est là. (*bis.*)
Je comprends tout quand il est là.

S'il n'est plus là, (*bis.*)
Pour moi l'étude perd son charme;
Et sur les livres que voilà
Tombe bien souvent une larme,
S'il n'est plus là. (*bis.*)
Tout me déplait s'il n'est plus là.

Mais qu'est-ce que ce bruit? (*Elle regarde par la fenêtre.*) Ah!... c'est le tilbury!... Et le monsieur... et ses favoris... (*Elle rit.*) Il vient nous rendre visite... Oh! il m'a vue! quel ennui!... Et ma leçon?... je gage qu'il va monter, car il ne doute de rien, celui-là!... Je ne veux pas le voir... sortons par l'autre escalier... Il s'en ira sans doute quand il ne me trouvera pas... je l'entends, sauvons-nous!

(*Elle sort par la porte de gauche.*)

SCENE V.

ALBERT, ARTHUR.

ALBERT, *entrant par la porte du cabinet.*
Pardon, Anna, me voici.

ARTHUR, *entrant par la porte du fond.*
Me voici, mademoiselle...

(Ils se trouvent face à face.)

ALBERT.
Que vois-je? Arthur Rénal!

ARTHUR.
Albert Delville!... mon ancien camarade!

ALBERT.
Et par quel hasard chez moi?

ARTHUR.
Chez toi! (*Il jette un regard sur l'appartement.*) Eh bien!

pourquoi vient-on chez un ami? c'est pour le voir. (*à part.*) Le diable m'emporte si je pensais à lui !

ALBERT.

Comment ! tu me cherchais ?... est-ce possible ?

ARTHUR.

Qu'y a-t-il là d'étonnant? ne sommes-nous pas camarades de collége ?

ALBERT.

Je ne l'ai point oublié ; mais, excepté les deux rencontres fortuites où nous ne nous sommes vus qu'en passant, toute relation avait cessé entre nous.

ARTHUR.

Il est vrai, et ce n'est pas sans peine que je t'ai découvert. (*à part.*) Je suis pourtant bien sûr de l'avoir vue à cette fenêtre. (*haut.*) Tu habites cet appartement?

ALBERT.

Tu vois, il n'y a pas de luxe ; mais voilà encore un siége pour un ami.

ARTHUR.

Tu habites ici, seul ?

ALBERT.

Hélas ! oui, seul !.. Trouves-tu le logement trop somptueux ?

ARTHUR.

Non... c'est que...

ALBERT.

Quoi donc ?

ARTHUR.

Oh ! rien, rien !... (*à part.*) J'éclaircirai cela plus tard.

ALBERT.

Si j'en juge d'après les apparences, tes affaires vont mieux que les miennes. Sais-tu, mon ami, que je t'accusais ?

ARTHUR.

Moi !

ALBERT.

Oui, je te l'avoue, à présent que je vois combien je me suis trompé ; je pensais : il est riche !... moi, je lui ai dit, je suis pauvre... et je ne l'ai plus revu.

ARTHUR.

Quelle injustice !

ALBERT.

J'avais tort! mais moi je n'aurais pas été te chercher, car tu pouvais m'être utile.

ARTHUR.

Ah!... tu as encore de ces idées-là!... je ne m'étonne plus si tu n'es parvenu à rien. Voyons, que fais-tu?

ALBERT.

Je suis poète, mon ami... et toi?

ARTHUR.

Moi?... Oh! je vais bien t'étonner!... Je suis... tiens, devine.

ALBERT.

Ma foi, que te dirai-je? Tu as fait fortune, tu es agent de change?

ARTHUR.

Allons donc! pour cela il faut de l'argent, et je n'en avais pas.

ALBERT.

Alors... je ne sais... tu es...

ARTHUR.

Bah! toi qui me connais dès l'enfance, tu ne devinerais jamais; je vais te le dire : je suis savant.

ALBERT.

Savant! tu plaisantes?

ARTHUR.

Pas le moins du monde.

ALBERT.

Savant!... toi!...

ARTHUR.

Moi-même! avec tous les honneurs du métier.

ALBERT.

Mais tu étais le plus mauvais écolier de tout le collége; tu ne voulais rien apprendre, tu n'étais bon à rien.

ARTHUR.

Je me suis fait savant.

ALBERT.

Il faut que tu aies terriblement travaillé?

ARTHUR.

Moi? Pas du tout! je me suis fait savant.

ALBERT.

Explique-toi, je t'en supplie : que sais-tu?

Anna.   2

ARTHUR.

Il ne s'agit pas de ce que je sais, mais de ce que je professe.

ALBERT.

Ah ! Et que professes-tu ?

ARTHUR.

Je professe le kouphique.

ALBERT.

Qu'est-ce que c'est que cela ?

ARTHUR.

Ce que c'est ? Est-il ignorant ! Le kouphique est la langue sacrée des Arabes, langue perdue depuis deux mille ans.

ALBERT.

Et tu l'as retrouvée ?

ARTHUR.

Prouve-moi le contraire.

ALBERT.

Je ne l'essaierai pas. Mais à quoi cela sert-il ?

ARTHUR.

A quoi cela sert ? Pardieu, cela sert à me donner un tilbury, une chaire de professeur, des places dans toutes les académies de l'Europe, et bientôt, je l'espère, la direction générale de toutes les bibliothèques de France.

ALBERT.

Je n'ai plus rien à dire... Un misanthrope trouverait là un beau texte à gloser : moi, j'aime mieux en rire ; et, d'ailleurs, je me réjouis de ton bonheur.

ARTHUR.

Tu es un bon enfant : je veux t'être utile ; tu faisais mes thèmes au collége ; eh bien ! moi, je veux te protéger dans le monde : voyons, que t'est-il arrivé depuis notre séparation ?

ALBERT.

Hélas ! mon ami, cela n'est pas gai ; je n'ai pas été aussi heureux que toi.

ARTHUR.

Tu ne t'es pas fait savant ?

ALBERT.

Trois années passées dans les colonies m'avaient laissé un souvenir dont je ne puis te parler ; c'est un mal sans remède ! En arrivant en France, j'entrepris de parcourir notre pays, si peu connu de ceux qui l'habitent, de le visiter en artiste, en poète, en érudit, et de forcer mon esprit à la distraction par une application constante. Toutes nos villes, nos bibliothèques, leurs livres précieux, leurs manuscrits originaux, enfin tout ce qui tient à l'histoire des arts et de la poésie devint pour moi l'objet de recherches minutieuses. Ce travail, pendant quatre années, parvint à me distraire du passé, et me donna des espérances pour l'avenir. Voilà, mon ami, mes seuls jours heureux ! que te dirai-je du reste? Je revins à Paris, je publiai mon travail. Je n'eus pas même une annonce dans les journaux ; mon livre et moi nous restâmes inconnus, oubliés.

ARTHUR.

Je le crois bien, tu n'avais que du mérite.

ALBERT.

Je fus long-temps à me remettre de la perte de mes illusions : j'essayai plus d'un moyen de fortune ; rien ne me réussit ; alors je me suis jeté dans les douces fictions de la poésie, et parfois elles me font oublier et mes chagrins et ma misère... ma misère dont je ne puis triompher, et qui a découragé mes plus zélés protecteurs.

ARTHUR.

Tes protecteurs ! Tu leur as donc dit que tu étais pauvre ?

ALBERT.

Sans doute.

ARTHUR.

Mais, mon ami, on ne donne jamais à ceux qui n'ont rien.

ALBERT.

Comment ?

ARTHUR.

Mon Dieu, que tu es simple ! et puis, que veux-tu faire? à quoi peux-tu parvenir? Tu travailles toujours.

ALBERT.

Je ne te comprends pas.

ARTHUR.

Tu allais solliciter à pied, bien entendu?

ALBERT.

Comment voulais-tu donc que j'allasse?

ARTHUR.

Vraiment, tu n'en es pas même à l'A B C du métier ! D'abord, mon cher Albert, toutes les affaires se commencent par l'achat d'un tilbury ! c'est comme cela que j'ai fait quand je me suis décidé à devenir savant.

ALBERT.

En vérité?

ARTHUR.

Eh! sans doute!

AIR: *J'en guette un petit de mon âge.*

La fortune, lorsqu'on l'appelle,
Sans écouter, court si vite, qu'il faut,
Pour l'atteindre, courir comme elle;
Et rarement on arrive assez tôt.
Changez, piétons, votre modeste allure:
Vous la verriez toujours vous échapper...
A peine, hélas! si l'on peut l'attraper
Quand on la poursuit en voiture.

ALBERT.

C'est à merveille! mais de l'argent?

ARTHUR.

On emprunte, c'est la moindre chose; ensuite, on s'arrange avec un ou deux journaux, et l'on y fait faire ou l'on y fait soi-même son éloge une fois par semaine.

ALBERT.

Ah!

ARTHUR.

On dîne tous les jours au café de Paris; on obtient ses entrées à l'Opéra, parce qu'au foyer l'on fait des connaissances fort utiles; on se fait aimer d'une actrice en renom, ou, ce qui vaut mieux encore, on tâche de compromettre une femme à la mode; si, après cela, on sait se tirer heureusement d'un duel... ma foi, tout est dit; les regards sont attachés sur vous, et l'on ne peut plus vous offrir qu'une place de dix à douze mille francs. Alors on part de là et l'on fait son chemin.

ALBERT.

Mais, en vérité, tu me dis là des choses de l'autre monde.

ARTHUR.

Au contraire, ce sont des choses de ce monde-ci.

ALBERT.

Je t'assure que tu m'étonnes beaucoup.

ARTHUR.

Oh! mon ami, laisse-moi faire, je me charge de ta fortune, moi, tu verras! Je me souviens de ce que tu as fait pour moi autrefois, et je veux aujourd'hui payer mes dettes.

SCENE VI.

LES MÊMES, MADAME BOURGEOIS.

MADAME BOURGEOIS.

Monsieur Albert! monsieur Albert!

ALBERT.

Qu'y a-t-il, madame Bourgeois?

MADAME BOURGEOIS.

Un monsieur âgé qui depuis un quart d'heure est en bas et qui prend sur vous des informations.

ALBERT.

Sur moi!

MADAME BOURGEOIS.

Vous lui inspirez, dit-il, un vif intérêt; il a le désir et les moyens de vous être utile. Je lui ai dit que j'allais voir si vous étiez chez vous.

ALBERT.

Et savez-vous qui il est?

MADAME BOURGEOIS.

Oh! il a l'air d'un homme comme il faut; il m'a dit se nommer monsieur Desmortiers.

ARTHUR.

Monsieur Desmortiers?

ALBERT.

Est-ce que tu le connais?

ARTHUR.

Comment! si je le connais? Eh! mon ami, c'est le proche parent du premier ministre, très riche créole de l'Ile-Bourbon.

ALBERT, *troublé*.

De l'Ile-Bourbon?

ARTHUR.

Sans occuper d'emploi, il est très puissant; son influence sur l'esprit du ministre est immense.

ALBERT.

Que me veut-il, à moi pauvre et obscur?

ARTHUR.

Eh! que sait-on? C'est peut-être la fortune qui arrive! mais, s'il voit ta pauvreté...

ALBERT.

Eh bien?

ARTHUR.

Eh bien! mon ami, tu es perdu. Pour obtenir quelque chose, il faut paraître n'avoir besoin de rien.

MADAME BOURGEOIS.

Je l'ai laissé en bas causant avec ma fille ; il va monter, sans doute.

ARTHUR.

Voilà ce qu'il faut empêcher ! Allons, Albert, l'instant est venu de commencer l'exécution de mes promesses : je vais le trouver, je le connais beaucoup, ainsi que sa jolie pupille, une riche héritière ; je te conterai cela ; je l'emmène, je lui parle de toi, je t'arrange une situation convenable, brillante même, et s'il veut t'offrir une place, il faudra qu'il te la donne belle, je t'en réponds.

ALBERT.

Que vas-tu faire, Arthur? tromper, mentir...

ARTHUR.

Eh! mon ami, laisse-moi faire! quand la vérité est si laide, il faut bien l'embellir un peu ; c'est ton bon ange qui m'a conduit près de toi ! Sois tranquille; il est écrit : Aide-toi, le ciel t'aidera ! Partons ; venez, madame Bourgeois, mon roman est déjà tout préparé.

AIR *de la valse des Comédiens.*

Albert, crois-moi, fais taire un vain scrupule :
De la fortune il faut se défier;
Au seul aspect du pauvre elle recule :
Quand elle vient n'allons pas l'effrayer.

ALBERT.

Je l'avoûrai, le mensonge me coûte.

ARTHUR.

Tu béniras ce mensonge demain.
Pour arriver, quand je me mets en route,
Je vois le but, qu'importe le chemin ?

ENSEMBLE.

Albert, crois-moi, etc.

ALBERT.

De consentir, oui, je me fais scrupule ;
Mon cher Arthur, ne va pas l'oublier.
Si devant moi la fortune recule,
Avec l'honneur vivons dans mon grenier.

MADAME BOURGEOIS.

Allons, monsieur, pourquoi ce vain scrupule?
De la fortune il faut se défier :
Si devant vous toujours elle recule,
Comment, hélas! paierez-vous mon loyer?

(Arthur et madame Bourgeois sortent.)

SCÈNE VII.

ALBERT, *seul.*

Ce bon Arthur! me venir chercher quand je suis malheureux!.. m'offrir ses bons offices!.. Pourquoi donc n'ai-je pas senti dans mon cœur toute la reconnaissance que j'y voudrais trouver? c'est qu'il veut me servir par des moyens que je n'approuve pas. Oui, l'imposture me répugne : je ne sais ce qu'il va dire à ce monsieur; mais dussé-je toujours rester misérable, je n'achèterai point la fortune par le sacrifice de ma propre estime.

SCÈNE VIII.

ALBERT, ANNA, *entrant par la porte de gauche.*

ANNA, *qui a entendu la dernière phrase.*

Je reconnais mon maître!.. toujours le même!

ALBERT.

Vous m'écoutiez?

ANNA.

Je venais prendre ma leçon : pouvez-vous me recevoir?

ALBERT.

Toujours!

ANNA.

Comme vous me regardez!

ALBERT.

Savez-vous, Anna, que nos heures de travail me font oublier mes chagrins?

ANNA.

Elles me font bien oublier mes plaisirs.

ALBERT.

Bonne Anna!.. venez ici, près de moi.

(Ils s'asseyent.)

ANNA.

Ma mère vous a dit qu'un inconnu s'est longuement informé de vous?

ALBERT.

Oui... que me voulait-il?

ANNA.

Il dit qu'il vous cherche depuis longtemps, qu'il a eu de la peine à vous découvrir, qu'il faut qu'il ait avec vous un long entretien, et qu'il reviendra aujourd'hui même.

ALBERT.

Je l'attendrai.

ANNA.

Croiriez-vous qu'il m'a demandé s'il n'était pas venu ici une jeune demoiselle... une demoiselle dont il est le tuteur?

ALBERT.

Comment?

ANNA, *avec inquiétude.*

Elle n'est pas venue, n'est-ce pas?

ALBERT, *souriant.*

Non, certes.

ANNA.

C'est singulier!.. (*Elle va pour prendre et ouvrir un livre, puis s'arrête.*) Vous ne connaissez pas de jeune demoiselle?

ALBERT.

Non.

ANNA.

J'en étais bien sûre!.. Voyons!.. mais je veux d'abord vous réciter les derniers vers que vous avez faits et que j'ai appris ce matin.

ALBERT.

Que vous êtes bonne!

ANNA, *se levant.*

Ecoutez, monsieur, et reprenez-moi si je dis mal.

A ELLE.

De nos rêves d'amour c'est l'heure accoutumée ;
La nuit monte et fait trève aux soucis importuns.
Viens! tout se tait aux champs, et la brise embaumée
Des fleurs qu'elle toucha t'apporte les parfums.
Allons! environnés et d'ombre et de silence,
Nous prirons pour que Dieu nous laisse encore un jour,

Car vivre, c'est aimer!... La gloire et l'opulence,
Que sont-elles? un mot pour qui vit sans amour.
Mais, à mes yeux, la gloire!... oh! qu'elle sera belle
Alors que ses rayons rejailliront sur toi ;
Quand je te renverrai cette palme immortelle
Qui, si tu n'étais là, n'eût pas fleuri pour moi !
De l'opulence, un jour, si l'éclat m'environne,
Pour que je la bénisse il faut que je la donne ;
Sans toi, d'un vain trésor voudrais-je prendre soin?
Tout ne m'est rien sans toi!...Pour que l'ame ravie
  Connaisse le prix de la vie,
Il faut que de nos jours une autre ame ait besoin.

C'est donc ainsi que l'on aime? ces vers expriment ce que vous avez senti ?

ALBERT.

L'amour n'est plus pour moi qu'un souvenir que chaque jour efface : celle que j'aimai n'existe plus depuis long-temps.

ANNA.

Combien vous lui deviez être cher !

ALBERT.

Nous étions bien jeunes tous deux, et notre bonheur fut bien court!.. Ce charme d'une douce union, cette félicité d'une vie où l'on est tout l'un pour l'autre, je ne l'ai jamais goûtée !

ANNA, avec émotion.

Être ensemble chaque jour, et penser qu'on y sera encore le lendemain!.. Voir, en arrivant près de celui qu'on aime, l'expression de la joie remplacer celle de la tristesse; se dire : sans moi il serait malheureux !

ALBERT.

Pouvoir prévenir ses désirs, lui épargner des chagrins, lui cacher les ennuis de la vie, et passer doucement ses jours près d'une femme adorée !...

(Il la regarde : elle se trouble.)

ANNA.

Albert...

ALBERT, passant la main sur son front comme pour chasser une idée.

Oui, ces jours que le ciel nous accorde sur la terre, et dont le poids est si lourd pour celui qui ne peut plus être aimé !

Ann a.   3

ANNA.

Les méchans seuls ne peuvent être aimés.

ALBERT.

Et les malheureux aussi, Anna!.. Mais continuez, mon enfant, voyons les vers que vous savez encore.

ANNA.

Aimons! .. le temps qui passe emporte nos années
     Comme aux bois les feuilles fanées
     Que le vent chasse devant lui!
Pour les remplir d'amour, Dieu nous les a données.
Aimons!... peut-être, hélas! nous n'avons qu'aujourd'hui!
Oh! si je te perdais, la moitié de ma vie!
Traînerais-je ici-bas des regrets superflus?
Quoi! celui qui t'aima ne t'aurait pas suivie!
Il verrait ce soleil que tu ne verrais plus!...
Vivre!... et loin de ce monde une ame nous appelle!
Vivre!... et l'on croit la voir nous suivre, nous chercher;
Et l'on entend partout sa voix nous reprocher
Les mouvemens d'un cœur qui peut battre loin d'elle!...

(Elle s'arrête émue.)

ALBERT, *la regardant avec intérêt.*

Chère enfant!.. que ces peines soient à jamais ignorées de ton cœur!

(Anna, qui a les larmes aux yeux, tire son mouchoir de sa poche; des papiers en tombent; Albert se baisse et les ramasse.)

ANNA.

Grand Dieu!

ALBERT, *la regardant, étonné.*

Qu'est-ce donc?

ANNA.

Ce papier, ce papier, je vous en prie.

ALBERT, *avec émotion.*

Anna!.. vous avez des secrets?

ANNA, *troublée.*

Des secrets!.. (*à part.*) O mon Dieu! que va-t-il penser?

ALBERT.

Comme vous voilà tremblante!

ANNA.

Ce n'est rien...rien, je vous jure!.. mais rendez-moi ce papier... sans le lire.

19

ALBERT , *la regardant tristement.*

Ah!.. comme je me trompais!

ANNA.

Mais non! non!.. c'est une... (*Elle essaie de rire.*) c'est une folie... une plaisanterie... voilà tout.

ALBERT.

Vous le dites d'un air à en faire douter.

ANNA.

O ciel! que croyez-vous donc?

ALBERT.

Rien... si ce n'est que je... je croyais à votre amitié , votre confiance.

ANNA.

Albert!..

ALBERT.

Voilà votre papier.

ANNA.

Et vous ne croyez plus qu'Anna est votre amie?... Ah!... (*Elle rit.*) Eh bien! pour vous punir, lisez!

ALBERT , *déployant le papier et en trouvant trois.*

Qu'est-ce que cela?.. et mais... ce sont les mémoires... que mes créanciers apportent si souvent.

ANNA, *riant.*

Ils ne les apporteront plus.

ALBERT.

Acquittés!.. ils sont acquittés!..

ANNA.

Voilà mes billets doux, monsieur.

ALBERT , *fort troublé.*

Mais où?... comment?... Anna... ah! dites-moi... l'argent?... comment avez-vous eu cet argent?

ANNA , *riant.*

Voyez donc la belle affaire! est-ce que je n'ai pas toute ma matinée depuis six heures jusqu'à midi? est-ce que je n'ai pas appris à broder? Est-ce que la marchande chez qui j'ai fait mon apprentissage ne se charge pas de vendre à de belles dames tout l'ouvrage que je puis faire? Enfin, monsieur, est-ce que ma marraine , qui est riche, ne me donne pas souvent de l'argent?

ALBERT , *avec beaucoup d'émotion.*

Anna!.. et c'était pour moi!.. pour moi!...

(Il essuie une larme.)

ANNA , *riant.*

Allons donc !.. mais je n'ai rien fait que de très naturel.

ALBERT.

C'est le prix de votre travail ; vous me l'avez consacré...
à moi !... et je pouvais l'ignorer toujours.

ANNA.

Cela aurait été bien mieux !... mais vous me soupçon-
niez... et ça fait tant de mal !

ALBERT , *la pressant contre son cœur.*

Mon enfant !... oui... (*Il semble réfléchir.*) Ma fille ché-
rie !... Oh ! mon Dieu ! quand pourrai-je m'acquitter ?

ANNA , *riant.*

Ne voudriez-vous pas me faire des lettres de change ?

ALBERT.

Pourquoi pas ?... si je mourais !...

ANNA.

Je n'aurais plus besoin de rien.

ALBERT.

Chère amie !... mais non, cela ne peut rester ainsi ; c'est
pour moi un tourment, une inquiétude...

ANNA.

Ah ! monsieur aimait mieux devoir à d'autres ?

ALBERT.

Ils pouvaient me poursuivre, et cela mettait ma con-
science en repos.

ANNA , *riant.*

S'il ne faut que cela pour vous tranquilliser, je deviens
un créancier farouche... Allons, monsieur, faites-moi une
lettre de change, un billet.

ALBERT.

J'en suis capable.

ANNA , *riant.*

Vraiment ! Eh bien ! mettez-vous là.

ALBERT , *écrivant.*

« Moi, soussigné, Albert Delville, je reconnais devoir
« à Anna Bourgeois... (*s'interrompant.*) Combien ?

ANNA.

Laissez la somme en blanc ; je l'ajouterai.

ALBERT , *lui remettant le billet.*

Je vous préviens que ce papier n'a pas grand crédit sur
la place.

ANNA.

Pourvu que celui qui l'a signé y fasse honneur.

ALBERT.

Ce ne sera pas, du moins, faute de bonne volonté.

ANNA.

C'est tout ce qu'il me faut. (*Elle sert le papier.*) Allons, voici du positif!... Prenez garde!... la somme est en blanc, et vous avez affaire à un terrible créancier.

ALBERT.

Chère Anna, cette gaîté dont vous voulez couvrir votre générosité est une délicatesse de plus!... Que ne vous dois-je pas?

AIR: *Travaillez, ne regardez pas* (Mansarde).

Comment acquitter cette dette?
Quels trésors pourraient la payer?

ANNA.

Silence!... je suis satisfaite;
Et vous savez qu'un créancier
Ne se laisse pas oublier.

ALBERT.

Hélas! à l'insu de sa mère,
Toutes les nuits elle veillait!
Et, pour adoucir ma misère,
En silence elle travaillait...

ANNA.

Taisez-vous! (*bis.*) j'ai votre billet,
Et vous en paierez l'intérêt.

(On frappe à la porte.)

Ah!... l'on frappe.

ALBERT.

Qui vient encore nous déranger?

ANNA.

Restez, je vais ouvrir.

(Elle va ouvrir la porte.)

SCENE IX.

ALBERT, DESMORTIERS, SOPHIE, ANNA.

ANNA, *ouvrant.*

Ah! le monsieur de tantôt!...

ALBERT.

Lui!...

ANNA, *à elle-même.*

Et une femme !

DESMORTIERS.

C'est à monsieur Albert Delville que j'ai l'honneur de parler ?

ALBERT.

C'est moi-même, monsieur.

DESMORTIERS.

Vous m'excuserez, j'espère, si je me présente ainsi chez vous : une fois déjà j'ai tenté de vous voir, monsieur ; mais un de vos amis ne m'a pas laissé arriver jusqu'à vous. On a dû vous dire mon nom ?

ALBERT.

Oui, monsieur.

DESMORTIERS.

Vous a-t-on dit aussi que le soin de votre avenir m'intéresse ; que, depuis plusieurs mois, je suis à votre recherche ?

ALBERT.

On me l'a dit, et vous m'en voyez encore tout étonné.

DESMORTIERS.

Pourquoi ?

ALBERT.

Depuis si long-temps je suis isolé dans le monde !

SOPHIE.

Cette situation ne peut-elle changer ?

ALBERT.

Je ne l'espérais plus,

DESMORTIERS.

Je ne suis pas le seul, monsieur, que votre sort intéresse : mademoiselle, dont je suis le tuteur, a désiré se joindre à moi, et je ne m'y suis point opposé ; car j'ai une grace à vous demander, et ses instances unies aux miennes m'aideront peut-être à l'obtenir.

ANNA, *à part.*

Ah !... que lui veut-elle ?

ALBERT.

Une grace !... de moi !... oh ! parlez !

ANNA, *à part.*

Quel est tout ce mystère ?... je me sens inquiète.

MADAME BOURGEOIS, *en dehors.*

Anna! Anna!

ANNA.

Ah! mon Dieu! maman qui m'appelle.

MADAME BOURGEOIS, *en dehors.*

Anna, descends vite : j'ai besoin de toi.

ALBERT.

Eh bien! Anna, votre mère vous demande, mon enfant.

ANNA.

J'y vais, monsieur. (*à part.*) Quel ennui!... Oh! je reviendrai le plus tôt possible.

(Elle sort.)

SCENE X.

ALBERT, DESMORTIERS, SOPHIE.

ALBERT.

Je ne sais que penser, et tout ce qui m'arrive aujourd'hui m'étonne et me confond : vous avez, dites-vous, une grace à me demander? Je suis prêt : que ne ferais-je pas pour vous remercier de la bonté que vous me témoignez, à moi, pauvre et inconnu?

SOPHIE, *avec entraînement.*

De la bonté!... pour vous!... moi!...

DESMORTIERS, *bas et la retenant.*

Sophie!

ALBERT.

J'attends vos ordres.

DESMORTIERS.

Le devoir que j'ai à remplir exige que j'obtienne toute votre confiance. Je sais déjà par votre ami, monsieur Arthur Rénal, que vous n'êtes point ici chez vous; que des motifs secrets vous obligent à déguiser votre situation dans le monde, et qu'un logement somptueux, rue Taitbout, un cabriolet, toutes les recherches du luxe, attestent l'aisance que vous avez acquise.

SOPHIE.

Serait-il vrai?

ALBERT.

Souffrez que je vous arrête là, monsieur : Arthur, entraîné par l'amitié qu'il me porte, imbu de quelques idées, peut-être trop vraies, sur les moyens de parvenir, s'est permis de vous tromper, et je me reproche de ne l'avoir pas retenu. Rien n'est vrai que ma misère et mon isolement.

DESMORTIERS.

Je m'en doutais, et je vous sais gré de cette franchise. Maintenant oserai-je vous demander le récit sincère de ce qui vous est arrivé dans un pays qui est le mien, et que vous avez habité long-temps?

ALBERT.

Monsieur!...

DESMORTIERS.

N'attribuez point à une vaine curiosité une demande qui sans doute vous paraît indiscrète : je vous l'ai dit, il est indispensable que j'apprenne de vous tout le passé.

SOPHIE.

Monsieur, ne nous refusez pas, je vous en supplie.

ALBERT.

Vous le voulez?... Quelque incompréhensible que soit pour moi le mystère dont vous vous enveloppez, quelque répugnance que j'éprouve à reporter ma pensée vers une époque si douloureuse, je vous obéirai : veuillez donc m'écouter, et ne vous étonnez pas si quelquefois des larmes interrompent ce pénible récit. Mais asseyons-nous. (*Ils s'asseyent.*) Je suis orphelin, monsieur; l'éducation que j'ai reçue, je la dois aux bienfaits d'un riche colon; à seize ans je le suivis dans ses vastes établissemens où je demeurai pendant plusieurs années comme secrétaire.

DESMORTIERS.

Votre bienfaiteur se nommait?...

ALBERT.

Duhamel : il n'était point aimé de ses nombreux esclaves auxquels son extrême sévérité imposait des châtimens bien cruels, et moi, touché des maux de ces pauvres gens, je tâchais souvent de déguiser leurs fautes; était-ce un tort?... je dois le croire, puisqu'il m'en a puni. L'amitié que jusqu'à cette époque il m'avait témoignée s'éteignit de jour en jour; je n'étais pas heureux, monsieur, mais enfin je vivais calme et résigné. Monsieur Duhamel avait une fille; je n'essaierai point de vous peindre sa beauté : jamais une ame plus noble n'embellit des traits plus gracieux ! Elle me témoignait de la bonté ; parfois, lorsque me poursuivaient les injustes préventions de son père, elle daignait me consoler d'un regard ; je la respectais, je l'honorais comme un de ces êtres privilégiés qui semblent nés pour être l'objet du culte de tout ce qui les environne !... Un soir, j'étais seul, assis dans ma cabane, je vois Adèle entrer tout à coup ; ses yeux brillaient d'un éclat que je ne puis exprimer !... «Albert, me dit-elle, de« main on veut me marier à notre méchant voisin, le ri-« che et vieux Melfort ; si l'on m'y force, je me tue ! » Que vous dirai-je ? comment retracer une pareille scène ?... Ah ! s'il n'avait fallu que lui sacrifier ma vie !... Je tentais de calmer son désespoir.... soudain elle m'interrompt : « Veux-tu me sauver, me dit-elle ? » Et comment ? Elle me tendit la main et ajouta : « Albert, je t'aime ! je t'aime « depuis long-temps ! consens à m'épouser, viens avec « moi, viens, et nous allons recevoir la bénédiction nup-« tiale ! » Le ton qui accompagnait ces paroles, son beau vi-sage baigné de larmes, sa main qui restait tendue vers moi... Comprenez-vous tout ce que j'éprouvais ? « Tu hé-« sites, Albert, me dit-elle ? Adieu donc, je vais mourir ! » Qui aurait pu résister ?... Je balançais pourtant ! ma con-science me reprochait mon bonheur comme un crime ; ma tête était en feu, mon cœur bondissait dans ma poitrine... Je cédai, monsieur, je suivis Adèle, elle avait tout pré-paré ; nous allâmes trouver le prêtre qui nous donna sa bénédiction ; Adèle fut à moi !... que Dieu me pardonne ! Si ma faiblesse fut une faute, le châtiment ne se fit pas at-tendre... Vous semblez émue, mademoiselle ?

SOPHIE.

Ah ! continuez, monsieur, continuez !... Vous ne soup-çonnez pas à quel point ce récit m'intéresse !

ALBERT.

Ce qui me reste à vous dire est bien pénible !... Mon Adèle et moi nous nous cachâmes dans la cabane d'un vieux nègre qui lui devait sa liberté et un petit terrain ; nous passâmes quelques semaines dans ce misérable réduit, dont l'amour faisait pour nous un séjour de délices !... Mais, hélas ! notre retraite fut découverte, mon Adèle me fut arrachée, on me jeta dans un cachot, et je fus livré à la vengeance des lois comme séducteur. Dieu sait si cette ac-cusation était méritée ! Et pourtant je ne me plaignais point du sort qu'on me réservait, car j'avais commis une faute ;

j'avais consenti à dérober une fille à l'autorité paternelle. Une nuit, des hommes masqués entrèrent dans ma prison ; à la faveur des ténèbres, ils me conduisirent à bord d'un navire prêt à mettre à la voile, et ils me donnèrent de l'argent en me disant de ne jamais reparaître, si je tenais à la vie : la vie ! que pouvais-je en faire désormais ? Pour toujours séparé de ce qui me la faisait chérir, j'allais me précipiter dans les flots, quand un de ces hommes me glissa un billet dans la main : il était d'Adèle. Ange de bonté, elle m'indiquait le port de France où je devais l'attendre, et m'annonçait qu'elle me rejoindrait le plus tôt possible !... Hélas ! je ne l'ai jamais revue !

SOPHIE.

Jamais !...

ALBERT.

Pardonnez mes larmes, mademoiselle, mon cœur se brise à ce souvenir !... Une année entière, j'attendis le moment qui devait me rendre mon seul bonheur : chaque jour j'allais errer sur les bords de la mer, épiant l'arrivée des bâtimens qui venaient de cette île où j'avais laissé ma vie !.. Oh ! comme mon cœur battait dès que mes regards avaient découvert une voile à l'horison !... jusqu'à l'instant où le navire entrait dans le port, j'espérais !... hélas, mon espérance était bientôt détruite : elle renaissait le lendemain pour s'éteindre encore dans les larmes !... Enfin, un jour, un voyageur, arrivant de l'île Bourbon, me parla de mon Adèle, j'appris...

SOPHIE.

Eh bien ?...

ALBERT.

Elle était morte !... morte !... et son père n'avait point pardonné !... A cette affreuse nouvelle, ma raison s'égara ; je fus long-temps, bien long-temps malade ; des soins cruels me rappelèrent à la vie et au sentiment de mes peines. Seize ans se sont écoulés depuis ce jour ; j'ai traîné dans l'isolement et la pauvreté une existence douloureuse, demandant à l'étude et à mes travaux littéraires des distractions que j'obtenais bien rarement, et du pain qu'ils ne me donnaient pas toujours !... Voilà ma vie, monsieur ; j'ai peut-être mérité mon infortune, car je fus un instant coupable ; mais vous me plaindrez, car j'ai été bien malheureux !

DESMORTIERS.

Oui, monsieur, je vous plains, et je vous remercie d'une

preuve de confiance à laquelle je n'avais aucun titre!...
Pourtant, excusez encore une question : jamais vous n'aviez
tenté de vous faire aimer d'Adèle? jamais vous n'aviez
essayé sur cette ame naïve et tendre le pouvoir de la séduc-
tion? C'est bien elle, elle seule qui voulut se soustraire aux
ordres de son père et qui vous fit son complice?

ALBERT.

Je sais, monsieur, que mon bienfaiteur m'accusa d'ingra-
titude et de perfidie ; je sais qu'on me supposa plus crimi-
nel que je n'étais ; mais cette lettre que je reçus au moment
de mon départ, cette lettre, ma seule consolation, et
qui tant de fois fut arrosée de mes larmes, elle est là! L'in-
fortunée qui l'écrivit y rappelait, en s'accusant de nos maux,
l'événement funeste qui les fit naître. Venez, monsieur, venez, je veux que vous la lisiez! vous verrez que si mon
cœur a été faible, jamais il ne fut ingrat ni perfide.

DESMORTIERS.

J'y consens, et quoique je ne doute plus de la sincérité
de vos paroles, je verrai avec plaisir cet irrécusable témoin
de votre probité.

ALBERT.

Veuillez m'accompagner dans ce cabinet.

DESMORTIERS , *à Sophie.*

Attendez-nous, mon enfant, et surtout commandez à votre
émotion.

SCENE XI.

SOPHIE , *seule.*

Ah! pourquoi ne m'est-il pas permis de la montrer tout
entière? Pourquoi faut-il feindre encore?... Durant seize
années, dans cette situation! Si pauvre, si isolé!... qu'il
sera heureux d'être aimé, d'être riche!.. de voir tout le
monde s'empresser autour de lui qui seul, dans ce misérable
asile, n'avait pas un être dont le cœur s'intéressât à son
sort!... Mais qui vient donc!... ah! c'est la fille de son
hôtesse...

SCÈNE XII.

ANNA, SOPHIE.

ANNA, *dans le fond*.

Encore ici !... et elle est seule !

SOPHIE.

Ne craignez rien, ma belle demoiselle, et soyez assez bonne pour me tenir compagnie pendant que mon tuteur parle d'affaires avec monsieur Albert.

ANNA, *hésitant*.

Mais... je...

SOPHIE.

Approchez !... nous parlerons de lui.

ANNA.

De lui !... vous !...

SOPHIE.

Sans doute !... Écoutez : je ne suis venue ici que pour m'occuper de son bonheur.

ANNA.

Du bonheur de monsieur Albert !

SOPHIE.

Oui, c'est moi désormais qui en serai chargée.

ANNA.

Oh ! mon Dieu !

SOPHIE.

Je vous le dis en confidence, il va quitter pour toujours cette pauvre retraite.

ANNA.

Se pourrait-il ? pour toujours !

SOPHIE.

Il ne vous sera plus à charge.

ANNA.

A charge !.. lui !...

SOPHIE.

Il ne soupçonne pas le sort qui l'attend ! Les tristes années qu'il a passées ici dans la misère s'effaceront bientôt de sa mémoire.

ANNA, *à part*.

Je l'avais deviné ! Mon Dieu, donnez-moi donc le courage de me réjouir !

SOPHIE.

Il va reprendre dans le monde le rang que méritent son caractère et son talent ; il sera riche , heureux , aimé !.. et c'est à moi qu'il devra cette nouvelle existence ! à moi !... Comprenez-vous tout ce qu'il y a de bonheur dans cette idée ?

ANNA.

Oh ! oui, je le comprends !... Mais vous le connaissiez donc ?

SOPHIE.

Depuis bien long-temps , je n'avais pas une pensée qui ne fût pour lui ; j'appelais de tous mes vœux ce moment si doux qui doit nous réunir.

ANNA, *à part.*

Suis-je assez malheureuse ?...

SOPHIE.

Vous, mademoiselle , qui avez été témoin de ses peines , vous devez être contente de les voir cesser : il souffrait tant de sa misère !...

ANNNA.

Est-il possible ?

SOPHIE.

Eh ! bien, pour vous remercier des soins qu'il a reçus de vous , je veux vous donner un plaisir.

ANNA , *amèrement.*

Ah !...

SOPHIE.

Que ce soit de vous qu'il apprenne le changement de sa fortune ; je veux ainsi vous associer à ma joie.

ANNA.

Il sera heureux !... que puis-je désirer ?

SOPHIE.

Il revient ! nous allons sans doute nous retirer. N'oubliez pas, je vous en prie, de lui dire tout cela.

ANNA, *à part.*

Ai-je assez souffert ?

SCENE XIII.

ANNA, ALBERT, DESMORTIERS, SOPHIE.

DESMORTIERS.

Je suis satisfait, monsieur; tout ce que j'ai appris vous acquiert à jamais mon estime, et vous ne la trouverez point stérile. Venez, ma chère Sophie, suivez-moi, je ne m'opposerai plus à vos projets, et je n'exige de vous que quelques heures pour en assurer l'exécution.

SOPHIE.

Quel bonheur !

ALBERT.

Des projets ?

ANNA, *à part.*

Tout est fini !

DESMORTIERS.

Nous nous reverrons, monsieur, nous nous reverrons bientôt ! jusque là, espérez et prenez confiance dans l'avenir.

ENSEMBLE.

DESMORTIERS ET SOPHIE.

AIR : *Livrez-vous à l'espérance* (le Bouffon).

Allons, partons sans plus attendre :
Ne perdons pas un seul moment;
Vous ne pouvez pas nous comprendre;
Mais attendez l'événement.

ALBERT.

Ici que veulent-ils m'apprendre ?
Leur intérêt est surprenant;
Ma foi, je n'y peux rien comprendre;
Mais j'attendrai l'événement.

ANNA.

Hélas ! je viens de tout apprendre !
Il sera riche maintenant !
Ne plus le voir, ne plus l'entendre !...
Comment survivre à ce tourment ?

(Desmortiers et Sophie sortent.)

SCENE XIV.

ANNA, ALBERT.

ALBERT.

Qu'avez-vous donc, Anna?

ANNA.

Moi?... rien!

ALBERT.

Mais il me semble...

ANNA, *à part.*

Il souffrait tant de sa misère !

ALBERT, *s'approchant.*

Comme vous êtes pensive !

ANNA.

C'est donc un bien grand malheur d'être pauvre ?

ALBERT, *souriant.*

De nos jours, mon enfant, c'est le plus grand de tous !
Nous vivons dans le siècle du positif ; le crédit, le bonheur,
la gloire, tout se résume par un mot : l'argent! Cela est triste
à dire, mais cela est vrai, l'argent est le roi du monde.

ANNA.

Quand on croit que l'argent fait tout, on est disposé à
tout faire pour de l'argent.

ALBERT.

C'est le tort de notre temps.

ANNA.

Vous serez donc bien heureux d'être riche ?

ALBERT, *souriant.*

Riche? moi!...

ANNA.

Comme cette idée vous réjouit !

ALBERT.

Comme elle vous attriste !

ANNA.

Moi?... non, certes. Ai-je eu depuis long-temps un autre
désir que votre bonheur? et quand elle va l'assurer...

ALBERT.

De qui parlez-vous donc?

ANNA.

Vous la trouvez sûrement bien jolie ?

ALBERT.

Qui?

ANNA.

Cette jeune demoiselle...

ALBERT.

La pupille de monsieur Desmortiers ?

ANNA.

Oui. Elle vous plait?

ALBERT.

Son air de douceur, le son de sa voix, son titre de créole ont ému mon ame comme un souvenir de bonheur.

ANNA.

Non, c'était une espérance.

ALBERT.

Que voulez-vous dire ?

ANNA, *avec émotion et se contraignant.*

Je veux dire... qu'elle m'a parlé... qu'elle m'a dit... que ce serait... elle qui désormais... se chargerait de votre bonheur... et sans doute... votre... mariage...

ALBERT, *riant.*

Mon mariage! y pensez-vous, Anna? Quelle folie! La pupille de monsieur Desmortiers, cette jeune Sophie est une riche héritière.

ANNA.

Je le sais.

ALBERT.

Elle est destinée sans doute à quelque illustre alliance.

ANNA.

Si celui qui mérite l'illustration vaut à ses yeux celui qui la possède?

ALBERT.

Son âge, le mien, ma situation ; mais je rougis en vérité de répondre sérieusement à une semblable plaisanterie.

ANNA.

Et si elle me l'avait dit elle-même?

ALBERT.

Comment?

ANNA.

Si elle m'avait chargé de vous l'annoncer? de vous dire que cette modeste retraite, vous allez la quitter pour un logement somptueux; qu'enfin vous allez être heureux, car vous serez riche.

ALBERT.

Moi?

ANNA.

Qu'il ne vous faudra pour cela que le vouloir.

ALBERT.

Et si cela pouvait être, pensez-vous que je le voulusse !

ANNA.

Si je le pense ?

ALBERT.

Enfin, me le conseilleriez-vous ?

ANNA.

Qui ? moi !...

ALBERT, *tendrement.*

Si je vous disais : Anna, c'est vous qui répondrez oui ou non ?

ANNA.

Qu'entends-je ?

ALBERT, *tendrement.*

Allons ! voyons, Anna, répondez ?

ANNA.

Comme il me regarde !

ALBERT.

C'est de vous que dépendrait mon sort.

ANNA, *à part.*

Du courage ! (*haut avec force.*) Je vous conseille... d'accepter.

ALBERT, *étonné.*

C'est là votre décision ?

ANNA.

Oui, la fortune, le bonheur s'offrent à vous; il ne faut pas les laisser échapper.

ALBERT, *à part, avec joie.*

Elle souffre ? (*haut.*) Et vous seriez heureuse de me voir... riche, avec une autre ?

ANNA, *pleurant.*

Oui, je serais heureuse, très heureuse !

ALBERT.

Pourquoi donc pleurez-vous ?

ANNA, *essuyant ses yeux et essayant de sourire.*

Moi ? je ne pleure pas.

ALBERT, *en s'approchant d'elle, passe un bras autour de sa taille et prend le mouchoir qu'elle tient à la main.*

Mais ce mouchoir est mouillé... je vois une larme... Anna, vous souffrez ? Faut-il que je devine ?

Anna.   5

ANNA, *le regardant tendrement et secouant la tête.*

Vou ne devinerez pas.

ALBERT.

Je devinerai.

ANNA.

Non ! je ne veux pas.

ALBERT.

Je dirai pourtant : Ce n'est point parce que je peux devenir riche qu'Anna pleure ; elle n'est pas envieuse : mais c'est que...

ANNA, *l'empêchant de parler.*

N'achevez pas.

ALBERT, *avec amour.*

Non, mon Anna, non ! dites-le moi vous-même.

ANNA, *avec amour.*

Puisque vous le savez.

ALBERT.

Si je désire l'entendre.

ANNA, *l'entourant de ses bras.*

Je vous aime !

ALBERT.

Chère Anna !

ANNA.

Oui, je vous aime ! (*elle s'éloigne et reprend avec plus de calme.*) Mais ce n'est point, Albert, ce sentiment aveugle qui peut faire sacrifier sa propre estime et les intérêts de de ce qu'on aime à son bonheur à soi ! Non, mon cœur a dû s'attacher à celui qui consacrait ses soins à mon éducation, à celui qui embellissait ma solitude; et l'instant qui m'en sépare a dû me coûter des larmes ! mais tout est changé, mon ami; vous accepterez votre destinée; moi, je me résignerai à mon sort.

ALBERT.

Serait-il possible ? Est-ce là vraiment votre pensée ?

ANNA.

Air : *T'en souviens-tu ?*

Vous viviez seul, pauvre et sans espérance;
N'attendant rien d'un plus doux avenir;
Moi, comme vous, j'étais dans l'indigence,
Et nos destins alors pouvaient s'unir!
Mais la fortune aujourd'hui vous regarde :

De mille nœuds elle vient vous lier ;
Je vais penser à vous dans ma mansarde ;
Dans votre hôtel tâchez de m'oublier !

ALBERT.

Que de noblesse et de générosité ! Adorable enfant !

SCENE XV.

ANNA, MADAME BOURGEOIS, ALBERT.

MADAME BOURGEOIS, *accourant.*

Anna ! Anna !

ANNA, *se jetant dans ses bras.*

Maman, ma chère maman !

MADAME BOURGEOIS.

Eh bien ! qu'y a-t-il donc ?

ALBERT.

Rien, madame Bourgeois, rien de fâcheux : vous saurez tout bientôt, car je reviens dans un instant. Oui, je vais tout éclaircir, tout terminer, et j'accours ensuite auprès de vous, auprès d'Anna.   (*Il sort.*)

Air : *Gymnasiens, remettons à quinzaine.*

De mon destin je reviens vous instruire ;
Attendez-moi, ne vous affligez pas,
Car la fortune en vain me veut sourire,
Si le regret doit marcher sur ses pas.

Un sort plus doux aurait pour moi des charmes :
J'ignore encor celui qu'on veut m'offrir ;
Mais, s'il fallait qu'il vous coûtât des larmes,
La pauvreté me ferait moins souffrir.

ENSEMBLE.

De mon destin, etc.

ANNA.

Oui, la fortune ici vient vous sourire,
Et le bonheur va marcher sur ses pas ;
A notre sort, Albert, il faut souscrire ;
Ne craignez rien, je ne pleurerai pas.

MADAME BOURGEOIS.

Quoi ! la fortune enfin vient vous sourire,

Et le bonheur va marcher sur ses pas!
De votre sort revenez nous instruire;
Car à présent je ne vous comprends pas.

SCENE XVI.

ANNA, MADAME BOURGEOIS.

MADAME BOURGEOIS.

Mais qu'est-ce qui lui prend donc?

ANNA, *cachant ses larmes dans les bras de sa mère.*

Maman, ne me quittez pas : il ne me reste que vous ; je suis bien malheureuse.

MADAME BOURGEOIS.

L'un qui rit, l'autre qui pleure... Ah! çà, êtes-vous devenus fous tous les deux?

ANNA.

Maman, monsieur Albert? il va être riche.

MADAME BOURGEOIS.

Ah! en vérité? eh bien! tant mieux : il paiera mon loyer.

ANNA.

Il aura un hôtel, des trésors, et une femme charmante.

MADAME BOURGEOIS.

Est-ce possible? mais il n'y a pas là de quoi se désoler.

ANNA.

Une femme! une femme qu'il aimera; et moi, moi qui n'aime que lui, je ne le verrai plus... Ah! il faut que je meure.

MADAME BOURGEOIS.

Ah! mon Dieu, qu'est-ce que j'apprends-là! tu as de l'amour pour ce pauvre poète qui n'a pas le sou?

ANNA.

Hélas! que n'est-il encore aussi pauvre, et à moi pour toujours!

MADAME BOURGEOIS.

En voilà bien d'une autre, à présent! voir ma fille au désespoir, c'est pis que tout le reste.

ANNA.

Je ne savais pas combien je l'aimais; mais, depuis qu'elle est venue, depuis que je le vois prêt à nous quitter, je sens que je ne peux vivre sans lui.

Air *de l'Angélus*.

Je l'adorais sans le savoir ;
Mais lorsqu'on est venu m'apprendre
Qu'il faudrait cesser de le voir,
La douleur m'a fait tout comprendre !
Oui, j'ignorai jusqu'à ce jour
Le mal cruel qui m'a saisie ;
Et je n'ai deviné l'amour
Qu'en souffrant de la jalousie.

(Elle se jette sur un siége.)

MADAME BOURGEOIS.

Ça n'a pas le sens commun, Anna. Eh ! mon Dieu, je n'ai pas le courage de la gronder.

SCENE XVII.

ANNA, ARTHUR, MADAME BOURGEOIS.

ARTHUR, *entrant.*

Albert n'y est pas ?

MADAME BOURGEOIS.

Ah ! c'est vous, monsieur, bonjour. Monsieur Albert est sorti.

ARTHUR.

Qu'arrive-t-il donc à mademoiselle Anna ?

MADAME BOURGEOIS.

Ce qui lui arrive ? pardine, il lui arrive qu'elle l'aimait, qu'elle l'aimait comme une folle, et que je ne m'en doutais pas.

ARTHUR.

Anna ! elle l'aimait.

MADAME BOURGEOIS.

Oui, et il paraît qu'il épouse la pupille de ce vieux monsieur, vous savez ?

ARTHUR.

Sophie ! l'épouser, lui ?

MADAME BOURGEOIS.

Et l'on assure qu'il est riche à cette heure, très riche.

ARTHUR.

Riche, lui ? allons donc ! Et savez-vous, madame Bourgeois, qu'on lui donne la place que je convoitais ?

MADAME BOURGEOIS.

On lui donne encore une place ?

ARTHUR.

Je viens de l'apprendre dans les bureaux du ministère : mais ce qu'il y a de plus piquant, c'est que c'est moi qui ai tout fait.

MADAME BOURGEOIS.

Comment ?

ARTHUR.

Eh ! oui, c'est moi ; mais tout peut se réparer : d'abord, le mariage est impossible.

ANNA, *vivement, et se levant.*

Que dites-vous ?

ARTHUR.

Ecoutez donc : Je ne sais pas ce qui a pu se passer dans la tête de cette jeune fille ; peut-être les vers d'Albert ont-ils enflammé son imagination romanesque ; elle est créole, et ces imaginations-là vont vite ; mais, s'il est vrai, ce qui du reste me paraît incroyable, que monsieur Desmortiers ait la faiblesse de céder aux beaux sentimens de sa pupille, c'est qu'il croit Albert dans l'aisance : il serait absurde de penser qu'il va jeter une riche héritière à la tête d'un homme qui n'a rien.

ANNA.

Vous croyez ?

ARTHUR.

Moi, tantôt, voulant le faire valoir, j'ai inventé pour lui fortune, indépendance, appartement délicieux, voiture... que sais-je ?

MADAME BOURGEOIS.

Ah ! vraiment ?

ARTHUR.

Oui, sans doute, tout est sorti de là ! je désirais le lancer ; mais un moment, il va trop vite, et je l'arrête.

ANNA.

Quoi ! monsieur, vous pensez que s'il est pauvre elle ne l'épousera pas ?

ARTHUR.

Le mariage et la fortune s'envolent en même temps.

MADAME BOURGEOIS.

Et mon loyer avec... J'entends quelqu'un monter.

(Elle va ouvrir la porte.)

ANNA.

C'est lui, peut-être?

MADAME BOURGEOIS.

Non, c'est ce monsieur et sa pupille.

ARTHUR.

Ah! très bien, il est temps de détruire mon ouvrage :
vous allez voir.

SCENE XVIII.

SOPHIE, DESMORTIERS, ARTHUR, ANNA, MADAME BOURGEOIS, *puis* UN LAQUAIS.

MADAME BOURGEOIS.

Donnez-vous la peine d'entrer, monsieur et mademoiselle ; monsieur Albert n'y est pas, mais il va revenir.

SOPHIE.

Il est sorti?

DESMORTIERS.

Je vous souhaite le bonjour, monsieur Rénal : je n'espérais pas vous revoir ici.

ARTHUR.

Et moi, monsieur, je m'estime heureux de m'y trouver.
Il faut que je commence par m'accuser : ce matin, désireux
d'être utile à un ami d'enfance, je me suis permis d'altérer
un peu la vérité devant vous.

DESMORTIERS.

Comment cela?

ARTHUR.

Oui; j'avais remarqué que vous exprimiez de l'intérêt
pour lui, et craignant que l'aspect de la misère ne vous
repoussât, j'ai cru devoir exagérer sa fortune...

DESMORTIERS.

Ah! il n'est donc pas riche?

ARTHUR.

Rien moins que cela. D'abord, je vous avais parlé d'un
cabriolet, et...

UN LAQUAIS, *entrant.*

La voiture de monsieur Albert Delville est à la porte.

ARTHUR.

Hein?.. Sa voiture!..

DESMORTIERS.

Que dites-vous donc? Il paraît que c'est mieux encore
qu'un cabriolet.

MADAME BOURGEOIS, *regardant par la fenêtre.*
La voiture est superbe.

ANNA, *à Arthur.*
Eh bien ! monsieur ?...

ARTHUR.
Que signifie cela ?

DESMORTIERS.
Mais cela signifie que monsieur Albert Delville a voiture ;
n'est-ce pas bien naturel ?

ARTHUR.
Il y a là-dessous quelque mystère incompréhensible : car
enfin, cet appartement de la rue Taitbout...

DESMORTIERS.
Ah ! nous en venons ; monsieur Albert n'y avait pas encore paru aujourd'hui.

ARTHUR.
Vous en venez ?

DESMORTIERS.
Mais vous ne nous aviez pas tout dit ; ce n'est pas seu-
lement un appartement, c'est un hôtel délicieux, et meublé
avec un luxe...

ARTHUR.
Un hôtel !

DESMORTIERS.
Monsieur Albert a du goût.

LE LAQUAIS, *revenant.*
L'homme d'affaires de monsieur Delville vient d'appor-
ter ce papier ; c'est, dit-il, un bon de vingt mille francs
qu'il doit toucher aujourd'hui même au trésor.

DESMORTIERS.
Donnez, nous le lui remettrons.

(Le laquais sort.)

ARTHUR.
Un bon de vingt mille francs !.. Suis-je bien éveillé ?

ANNA, *à part.*
Plus d'espoir.

SOPHIE, *à part.*
Elle souffre. Pauvre enfant !

DESMORTIERS.
Eh ! mais , monsieur Arthur, ce matin vous n'exagériez
pas tant que vous voulez bien le dire à présent.

ARTHUR.
Monsieur, je vous avoue que je suis dans un état voisin
de l'imbécillité : je n'entends plus, je ne comprends plus...

D'ESMORTIERS.

C'est comme si l'on vous parlait kouphique.

ARTHUR.

Et cette place qui m'était promise?

DESMORTIERS.

Ah! cette place? c'est différent, elle est donnée à monsieur Albert.

ARTHUR.

Merci. J'en ferai une maladie, c'est certain.

UN AUTRE LAQUAIS, *apportant une corbeille...*

On m'a chargé de déposer ici cette corbeille.

SOPHIE.

Ah! voyons si tout est bien. (*Elle va à la corbeille et en tire des étoffes, des dentelles, etc.*) Anna, venez, regardez; comment trouvez-vous cela?

ANNA.

Moi, mademoiselle? je ne m'y connais pas. Venez, ma mère.

(Elle entraîne sa mère.)

SCENE XIX.

SOPHIE, DESMORTIERS, ARTHUR.

SOPHIE.

Mon cher tuteur, que je vous remercie! Je suis si heureuse!

DESMORTIERS.

Je me rejouis de votre bonheur.

ARTHUR.

Et moi, je deviens stupide. Qui aurait pensé que celui-là ferait fortune?

DESMORTIERS.

Ne la mérite-t-il pas? N'est-ce pas un honnête homme!

ARTHUR.

Pardieu, voilà de bonnes raisons! mais, tenez, c'est lui qui revient.

SCENE XX.

SOPHIE, DESMORTIERS, ALBERT, ARTHUR.

ALBERT, *à Desmortiers.*

Pardon, monsieur; pardon, mademoiselle; vous m'attendiez ici, quand j'étais chez vous, et tout ce que je vois,

Anna.   6

à mon retour, tout ce que j'apprends m'oblige à vous demander...

ARTHUR.

Comment! Tu ne sais pas non plus d'où la fortune t'arrive?

ALBERT.

Depuis ce matin, un mystère impénétrable m'environne; j'ignore les motifs de votre conduite envers moi; mais quelle que soit ma reconnaissance, je ne peux, ni ne veux accepter des bienfaits dont la source m'est inconnue.

ARTHUR.

Bon! va-t-il refuser à présent?

SOPHIE.

C'est moi, c'est moi seule qui vous offre le sort qui vous est dû.

ALBERT.

Vous, mademoiselle!

SOPHIE.

Et quand vous saurez à quel titre...

ALBERT.

Veuillez achever, de grace!

SOPHIE.

Un père ne veut-il rien recevoir des mains de sa fille?

ALBERT.

Un père! sa fille! que dites-vous?

SOPHIE.

Que je suis votre enfant, l'enfant de cette Adèle qui vous fut si chère, que ma naissance lui coûta la vie?

ALBERT.

Grand Dieu! savez-vous bien ce que vous dites? Savez-vous qu'une semblable joie peut tuer? Mon enfant! vous...

SOPHIE.

Dans vos bras, mon père, dans vos bras, et pour ne plus vous quitter!

ALBERT.

O mon Dieu! mon Dieu!

DESMORTIERS.

Quand votre Adèle vous fut enlevée, elle portait dans son sein un gage de votre amour, et son père au lit de mort permit enfin que votre fille vous fût rendue si votre conduite avait réparé les torts dont il vous accusait. Voilà, monsieur, l'explication du mystère dont je me suis entouré.

ALBERT.

Ma fille ! j'ai une fille ! elle est là , sur mon cœur, l'enfant de mon Adèle! Ah! pourquoi ne t'a-t-on pas donné son nom?

AIR de Téniers.

Tant de bonheur serait-il mon partage?
De mes chagrins le ciel s'est-il lassé ?
Je crois la voir.... son accent, son langage,
Ses doux regards me rendent le passé.
Mais tout cela peut-être n'est qu'un songe;
Et c'est en vain que je lui tends mes bras!....
Souffrez, du moins, souffrez qu'il se prolonge:
Ah! par pitié, ne me réveillez pas!

SOPHIE.

Tout est vrai, tout est vrai, rien ne nous séparera maintenant!

ALBERT.

Oh ! pourrai-je survivre à ma joie? (Il court vers la porte.) Anna, Anna! madame Bourgeois! venez, venez! (Il revient sur le devant.) Je veux que tout le monde soit témoin de mon bonheur.

SCÈNE XXI ET DERNIÈRE.

DESMORTIERS, SOPHIE, ALBERT, ANNA, ARTHUR, MADAME BOURGEOIS.

ALBERT , regardant Anna.

J'ai contracté ici toutes sortes d'obligations; le plus pressé est de les acquitter : Anna....

ANNA.

AIR : Muse des bois.

Lorsque pour vous change la destinée,
Votre bonheur, Albert, suffit au mien;
Soyez heureux! ma tâche est terminée,
Et loin de vous je n'ai besoin de rien.
Je vais rester dans cette humble retraite
Où de vos maux souvent je m'affligeai;
Si quelque jour votre cœur la regrette,
Revenez-y!... rien n'y sera changé.

ALBERT , la retenant.

Arrêtez!... Ma chère Sophie, voilà encore un créancier à satisfaire : le fruit de son travail, d'un travail qu'elle pre-

nait sur ses heures de repos ou de plaisir, eh bien! elle
l'avait employé pour moi, à mon insu!

SOPHIE.

Bonne Anna!...

ALBERT.

J'ai contracté une dette, une dette sacrée, je veux faire
honneur à ma signature. Donnez-moi... ma lettre de
change.

ANNA.

Vous ne pouvez plus l'acquitter : qu'elle soit anéantie!...

SOPHIE, *la prenant de ses mains.*

Non pas!... c'est moi qui m'en charge, voyons.

ANNA.

Oh! ne lisez pas, je vous en prie.

SOPHIE, *lisant.*

« Je reconnais devoir... aimer Anna toute ma vie! »

MADAME BOURGEOIS.

Voilà une drôle de lettre de change.

SOPHIE.

Nous l'acquitterons, mon père!

ANNA.

Son père!...

SOPHIE.

Oui, Anna!... voulez-vous que je sois de moitié dans
cette dette?

ANNA, *se jetant dans ses bras.*

Ah!

ARTHUR, *à part.*

La fille reste à marier!... nous verrons. (*haut.*) Mon
ami, quand je suis venu te trouver, je ne te connaissais que
du mérite, je ne me doutais guère que tu rencontrerais
sitôt la fortune.

DESMORTIERS.

Vous voyez, monsieur, qu'elle peut venir chercher le
talent modeste et le mérite sans intrigue.

ARTHUR.

Une fois n'est pas coutume.

FIN.

www.ingramcontent.com/pod-product-compliance
Ingram Content Group UK Ltd.
Pitfield, Milton Keynes, MK11 3LW, UK
UKHW022340120726
13694UKWH00004B/1624